Brigitte Kraemer – **Am Kanal**

Klartext

Mit freundlicher Unterstützung der **Westfalenbank**
Partner des Unternehmers seit 1921.

Brigitte Kraemer

AM KANAL

Uwe Knüpfer

Eine starke Liebe, aber ohne Gedöns

Das Ruhrgebiet sollte vielleicht besser Kanalgebiet heißen. Wenn schon nicht Emschergebiet. Die Ruhr war als Industriefluss bereits fast abgehalftert, als das Ruhrgebiet entstand, dieser menschenvolle Mischmasch aus Industrie und Städten und Schloten und Straßen, der sich rücksichtslos auf eine Landschaft legte, in der es Jahrhunderte lang nur Kleinstädte und Dörfer, Katen und Wasserburgen, einige Klöster und eine Reihe mittelprachtvoller Kirchen gegeben hatte. Eine ruhige Landschaft aus Flusstälern, Ruhrhöhen und Emscherauen, an den Rändern übergleitend in Münsterland und Niederrhein und Sauerland.

Niemand hat das Ruhrgebiet geplant. Nicht einmal der Siedlungsverband, dessen Enkel heute RVR heißt. Der entstand erst, als die Menschen schon fast alle hier waren, in den 1920er Jahren. Geplant worden waren Zechen und Hüttenwerke. Es war ehrlich, das, was hier entstand, insgesamt einfach „Industriegebiet" zu taufen und ihm nicht einen schönen, historischen Städtenamen zu geben: Essen etwa oder Haranni oder Dortmund.

Das Ruhrgebiet ist eine Mischung aus gigantischem Gewerbegebiet, gewucherten Dörfern und urbanem Dschungel. Das macht es für Fremde so schwer zu erfassen. Es hat keine Mitte, von der aus sich alles Weitere erschließen lässt. Es sei denn, man nähme die Kanäle als Mitte.

Zu Zechen und Hüttenwerken und von dort weg mussten Erze und Kohle gebracht werden. Nur deshalb entstanden Eisenbahnlinien – und eben Kanäle. Nicht etwa, weil Menschen am Kanalufer Rad fahren und grillen und schmachten oder per Regionalbahn von Oberhausen ins Westfalenstadion oder von Herne in die Aalto-Oper fahren wollten. Das kam später. Anfangs wurden die Menschen nur gebraucht.

Die Industrie der Schlote und Zechen hat sich verzogen oder ist zu Museen mutiert, doch die Menschen sind geblieben. Sie haben, nach und nach, anfangs oft noch ängstlich zögernd, in Besitz und in Gebrauch genommen, was nicht für sie geplant worden war. Sie haben Industrieruinen und Kanallandschaften eingemenscht. Haben sie beseelt. Nur deshalb konnten Fotos entstehen, wie sie in diesem wundervollen Buch versammelt sind.

Beseelte Fotos halt. Sie legen Zeugnis ab von einer starken, großen, rauen und ehrlichen Liebe. Der Liebe zu einer Landschaft, einer Szenerie, die ihre Schönheit, oder besser wohl, um südlich des Mains nicht missverstanden zu werden, – ihre eigenartige Anmut aus ebendieser Liebe der Menschen bezieht: Bei mir bist Du schön.
Wer so fühlt, wird sie sehen, diese Schönheit, und wird begreifen, wie Liebe zu dieser Landschaft, dieser Region und ihren Menschen entsteht und wächst. Und bleibt.

Das Tal der Ruhr ist (heute wieder) eine klassische Schönheit. Es gibt nur wenige Flusstäler, die anmutiger und vielfältiger sind. Die vergewaltigte Emscher ist im Begriffe, dank viel Wiedergutmachungsgeld wieder eine ländliche Schönheit zu werden. Doch die Kanäle werden bleiben, was sie waren: zumeist schnurgerade Wasserwege durch die Hinterhöfe des Reviers, die Aschenputtel unter den Gewässern. Sicher, „früher waren mehr Schiffe", aber früher war auch der Zugang zu den Kanalufern versperrt. Er musste erschlichen werden. Heute sind Zufahrten, Rad- und Wanderwege von Amts wegen allerorten. Und sogar Marinas entstehen. Und der Gasometer ist ein Museum, in mancher Zechenkaue wird auf Kunst gemacht.

Nein, der Rhein-Herne-Kanal ist dennoch nicht die Riviera des Reviers. Das zu behaupten ist Proletarierromantik oder Städtewerbung. Auch Herner und Oberhausener kennen den Weg nach Mallorca und zur türkischen Riviera. Im Zweifel sonnen sich zu jeder gegebenen Zeit mehr Ruhrstädter auf den Kanaren und Malediven als auf Luftmatratzen am Kanal. Aber am Kanal sind sie eben auch. Und wie sie dort sind, das ist es. Manche sind dort, wann immer sie können. Entschlossen zu leben und leben zu lassen. Mit Bratwurst und Angel und Pilsken, aber ohne Gedöns.

In der Böschung am Kanal hat mancher Ruhrstädter manche Ruhrstädterin zum ersten Mal geküsst. Und wird das nie vergessen, selbst wenn der Mond von Wanne-Eickel in jener Nacht nicht ganz rund geschienen haben sollte. Zum Kanal kehren sie zurück, alle, immer mal wieder, auch die, die von Karnap oder Castrop hinausgezogen sind in die Welt, ob nach Bochum, nach München, Timbuktu oder nach New York. Denn sie wissen: Nirgendwo vernehmlicher als hier, am Ufer des Kanals, ist der Pulsschlag des Reviers zu spüren; vertraut und ruhig und fest.

Michael Streck
Menschen am Kanal

Am Kanal ist niemals Ruh. Nicht in der Woche und schon gar nicht am Ende der Woche. Nicht im Winter und schon gar nicht im Sommer. Einer, Adam Ciencala, kam sogar aus Leverkusen, fuhr die 80 Kilometer bis nach Herne, parkte seinen Ford Escort am Wasser und schleppte sein Modellboot ans Ufer, wo bereits die anderen standen mit ihren Mini-Rennbooten, bis zu 3000 Euro teuer. Nun röhrt`s auf dem Kanal, und die Luft läuft blau an, und es riecht nach Zweitaktergemisch wie früher in der Zone. Zehn, zwölf Männer werden hier samstags ab zwei zu Kindern. Sagt Michael Nolte, Bochum, Elektroschlosser: „Is ne Sucht. Fängst an als Kind und hörst nicht mehr auf." 15 Jahre macht er das nun, hat Tausende in die Modelle gesteckt, erst Mark, dann Euro, und seine Freundin hält ihn für bekloppt. Soll sie. Sein Boot ist gelb, es heißt „Surprise", es ist schnell, aber irgendwann tut`s keinen Mucks mehr, weil: Sprit alle, „kein Troppen mehr drin". Ernste Sache. Mann hilft sich. Echte Freunde stehen zusammen, „Surprise" wird an Land gezogen. Auf der anderen Seite schippert ein Lastkahn vorbei, träge, langsam, gemütlich – Richtung Duisburg, noch 22 Kilometer.

Es ist Samstag, aber der Rhein-Herne Kanal kennt kein Wochenende. 45 Kilometer lang, fünf Schleusen, Höhenunterschied von Dortmund bis Duisburg 36 Meter. Und jede Menge Leben drauf, 80 Binnenschiffe aus Europa jeden Tag. Jede Menge Leben drin, Aal, Zander, Karpfen, Friedfische das ganze Jahr. Und jede Menge Leben drum herum, Menschen am Fluss. Genau die will man erleben. Setzt sich deshalb auf ein Rad und strampelt den Kanal entlang, rauf und runter, kreuz und quer. Und wenn die Sonne scheint, ist`s besser als Mallorca. Auf dem verwelkten Zechengelände von „Friedrich der Große", Herne, hat Günter, Günni, seine „Ballermann"-Bude aufgemacht. Günni musste umziehen vor Jahren von Castrop-Rauxel auf die andere Seite vom Kanal. Nebenan lag der feine Yachtklub, und die Herrschaften fühlten sich gestört durch die Bude und die Gäste, die schon mal singen, wenn sie den Kanal voll haben. Irgendwann hatten die Castroper Stadtväter dann die Nase voll und taten alles, um Günnis treue Kunden zu verprellen, die ihm sogar Oden schrieben: „Beim Ballermann da kannst du lecker trinken / Auch super essen kannst du dort / Nur manchen Wirten tut das stinken und wünschten: Günni wäre fort."

Aber so leicht kriegten sie den Günni nicht klein. Er packte den Krempel und zog einfach weiter von Castrop nach Herne, Zeche „Friedrich der Große". Günni trägt graue Socken in Sandalen, ein blaues Hemd und eine rote Schürze. Pils geht weg wie nichts, und am „Vatertach", sagt der Günni, „kriegste hier kein Bein mehr auffe Erde, da komm` se alle". Einmal kam sogar Wolfgang Clement vorbei, als er noch in Düsseldorf regierte. Dann ging er nach Berlin und wurde ein Superminister und verpasst ergo an Günnis „Ballermann" bestes deutsches Liedgut – „Kleine Maus, zieh dich aus, mach dich nackig. Lass uns mal ins Bettchen gehen und nach deinem Käuzchen sehen". Günnis C-Wurst mit Pommes ist definitiv überragend, Pils geht weg wie nichts, Schalke hat gewonnen. Und also ist nun Feier-Abend bis neun, denn dann ist Schicht. „Wer bis da hin nich stramm is," sagt der Günni, „is selber Schuld". Darauf einen Underberg, die C-Wurst muss schwimmen.

Kanalaufwärts, Höhe Gelsenkirchen, die Emscher fließt parallel, und zwischen Kanal und Emscher ein Haus. Ein Haus?, ach was, eine Farm. Franz und Lydia Donner wohnen da seit fast vier Jahrzehnten. Sie haben 20 Enten, 12 Puten, 30 Hühner, einen Rottweiler, einen Schäferhund, ein Haflinger-Pferd, „unser Alido, hundert Prozent Österreicher". Die beiden zogen sieben Kinder auf in diesem Zoo am Kanal, 10 000 Quadratmeter Grund. Franz arbeitete früher nämlich für die Emscher-Genossenschaft und war Streckenwärter am Fluss, „rauf bis Recklinghausen und runter bis Bottrop". Alles zu Fuß, logo. Durchs Areal laufen die Gasröhren der Steag. „Ist ein Traum hier", sagt Lydia Donner. Manchmal schlachten sie ein Huhn, sagt der Franz. Und so ein Huhn, „das ist kein Huhn, das ist der Hammer, so dicke Bollen, ich krich keins auf". In der Ferne leuchtet das weiße Dach der Schalke-Arena. Und bestimmt war es nicht weit von hier, dem kleinen Paradies, wo sich der Schalker Schatzmeister Willi Nier ersäufte. Das war 1930, Willi hatte verbotene Gelder an Amateurspieler gezahlt, die Sache flog auf, der Klub wurde monatelang vom Spielbetrieb ausgeschlossen. Und Nier, Ehrenmann und voller Gram, weihte sich dem Untergang. Stieg in den Kanal und kam nicht mehr raus. Solche Ehrenmänner gibt`s nicht mehr in der Bundesliga, leider. Würde Hoeneß in die Isar springen oder Niebaum in die Emscher? Bestimmt starb Willi nicht weit von hier, „dem besten Fleckchen Erde von ganz Gelsenkirchen", wie die Lydia sagt. Schalke hat gewonnen, und am Abend gibt es Huhn mit dicken Bollen aus dem Donner-Zoo.

Kanalaufwärts, Höhe Wanne, geht Johann Fürst jagen, „Revier kommt von Jagdrevier". Auf Bergehalden der ehemaligen „Zeche Ewald", bewachsen und begrünt inzwischen, sagen sich Fuchs und Hase gute Nacht. Und auch guten Tag. Fürst, Grubensteiger einst, nunmehr Jagdaufseher, erlegt Karnickel, „50 bis 60 pro Jahr". Er stammt aus Pretzfeld in der Fränkischen Schweiz, kam vor fast 50 Jahren in den Pott, wollte nach der Pensionierung eigentlich zurück und blieb doch hängen am Kanal und den Böschungen mit den Karnickeln drin, „wir ham sogar Nachtigallen und alles". Muss im Blut liegen, das Jagen. Vater und Großvater waren Wilddiebe. Und der Onkel erst, „der hat gewildert, ich kann Euch sagen, gewildert hat der, und als er endlich seinen Jagdschein bekam, hatte er keine Lust mehr aufs Jagen". Der Fürst schleicht durchs Unterholz, dahinter der Kanal. „Füchse", sagt er, „die ganze Böschung ist ein Bau, mindestens neun Stück. Aber mindestens". Zu Hause in Wanne-Eickel hat der Fürst die Wände voll mit Trophäen, „hab Hirsche und Schweine und alles gestreckt", und zu Hause hält er auch seine drei Frettchen, „Charly, Uli und Freddie", und die nimmt er mit, wenn er auf Karnickel geht. Vor allem Charly ist ganz wild auf die Karnickel, „der dreht voll am Rad, macht sie kaputt". Johann Fürst kennt da einen Metzger in Gelsenkirchen, und dem bringt er die kaputten Kaninchen, und der Metzger, sagt der Fürst, macht den besten Kaninchenrollbraten vom ganzen Pott.

Kanalabwärts, Höhe Oberhausen, sitzt Gerd Fortak auf einer Bank. Er hat ein paar Boulekugeln dabei und nicht mehr viel zu tun. Fortak geht stramm auf die 60 zu und würde lieber arbeiten als eine ruhige Kugel schieben. Er war Drogist, „Prüfung mit eins bestanden", und dann machte sein Laden dicht, und er würde ja alles machen, alles, aber wer nimmt schon einen, der auf die 60 zugeht? Gerd Fortak fährt jeden Tag mit dem Rad den Kanal entlang, von Gelsenkirchen bis runter nach Essen, und manchmal sogar bis Oberhausen und manchmal sogar bis Duisburg und einmal sogar über den Rhein bis nach Xanten und weiter nach Holland. Kaufte dort Spargel für zwei Euro fuffzich und fuhr wieder zurück. So vergehen die Tage. Tausend mal beworben, nichts ist passiert. Er würde sogar Erdbeeren pflücken in Finnland für ein Appel und ein Ei, würde alles machen, alles. Gerd Fortak sitzt am Ufer mit seinem Rad, seinen Boule-Kugeln, einer Dose Rama, einem Brot, einer Tüte Milch, „gut gegen Alzheimer", und einem Radio, „ich muss ja wissen, was in der Welt so los ist". Dann setzt er sich auf Rad und strampelt los zur Stadtbücherei von Gelsenkirchen. Da läuft ein Volkshochschulkurs für Computer-Einsteiger. „Früher", sagt er und blickt aufs Wasser, „früher waren mehr Schiffe."

Menschen am Kanal. Auf 45 Kilometern, von Dortmund bis Duisburg, ist alles versammelt. Arm und reich. Alt und jung. Schön und hässlich. Freud und Leid. Alles ist da. Wasser bedeutet Leben. Der Kanal war ja auch als Lebensader geplant – als Transportweg für Kohle, Stahl und Eisen. Gewiss, früher waren mehr Schiffe. Lebensader ist er trotzdem geblieben. Die Menschen baden in ihm, fischen in ihm, rudern auf ihm, sonnenbeten und grillen an seinen Ufern. Und leben an seinen Rändern.

Vor Essen dampft aus den Büschen am Kanalufer. Klaus, Drago, Branko, Edeltraud, Uwe, Steffen, Michael und Ute haben ein Feuer gemacht. Sie sind obdachlos. Sie sitzen um einen Tisch vor einem Wohnwagen und trinken Paderborner Pilsener. Ute hat nur noch ein Jahr zu leben, „Krebs, alle inneren Organe befallen". Ihr Freund Michael saß neun Jahre im Knast, „diverse Delikte". Auf seinem Rücken hat er ein Tatoo – „Ich sah die Welt und lernte sie hassen". Er sagt „Et is wie et is. Und so schlimm is et auch wieder nich". Dann packt Steffen die Gitarre aus und alle singen „I`m a Passenger" und „Hotel California" zu Paderborner Pilsener aus der Dose, und über Essen stehen Regenwolken.

Kanalaufwärts wieder, andere Kanalseite. Ein Ruder-Achter zieht vorbei, und in Höhe Gelsenkirchen, schaukelt „Tanja" träge am Kai, 80 Meter lang, 9 Meter breit, 1266 Tonnen schwer. Auf „Tanja" steht Rainer Hartmann, geboren in Hagen, Binnenschiffer seit 1969, „mein Lebenstraum". War Kfz-Schlosser, aber das war es nicht. Hartmann fährt mit seiner „Tanja" zwei- bis dreimal die Woche den Rhein-Herne-Kanal, Dortmund-Ems Kanal und Datteln-Hamm Kanal rauf und runter. Er bringt Heizöl, Diesel und Benzin nach Duisburg-Ruhrort und liebt vor allem die Strecke Gelsenkirchen – Hamm. Er war auch schon drei Jahre auf Donau unterwegs, aber das war es auch nicht, das Revier zu weit, die Menschen zwar freundlich und doch anders. „Nee", sagt er, „das war`s nicht". Hatte Heimweh nach den Schloten, den Zechen, den Raffinerien. Dem Ruhrgebiet.

Obschon das Revier auch nicht mehr das ist, was es mal war. Die einen sagen glücklicherweise. Die anderen trauern den Zeiten nach, als die Fördertürme noch Fördertürme waren und Kohle noch Kohle und nicht Geld. Da wo einst der Kohleumschlaghafen war, liegen heute 200 Boote der Ruhrpott-Schickeria. Und alles, was an früher erinnert, ist ein Fördertrum im Logo der Marina. Strukturwandel nennen das die Schlaumeier in den Rathäusern und im Landtag. Strukturwandel ist ein schöneres Wort für schwindende Arbeitsplätze.

Aufwärts weiter, Höhe Gelsenkirchen-Horst. Auf dem Gelände von Karl Rebuschats Motorrad-Museum läuft das jährliche „Dax & Monkey-Treffen". Das sind kleine Motorräder, die so aussehen, als wären sie in der Waschmaschine eingelaufen, Bonsai-Bikes. Karl wohnt seit fast 40 Jahren hier in Horst auf der Kanal-Insel. Die Leute nennen ihn nur „Karl vom Kanal". Der Karl hat eine Knollennase und alles mit erlebt, was es im Ruhrgebiet zu erleben gab. Schuftete ab 1947 unter Tage in der Zeche „Wilhelmine", und wer damals für drei Jahre unterschrieb, kriegte eine Horex. So begann das mit seinem Motorrad-Fimmel. Karl brachte es auf „Wilhelmine" zum Sprengmeister und wurde 1961 doch entlassen, „denn dann kam ja der Türke und baute Deutschland wieder auf". Ihn trieb es danach durchs Land, Lorch und Pirmasens, er malochte auch mit am „Bonzenbunker", dem Atombunker der Bundesregierung in der Nähe von Bonn, „da kannste mal sehen, wo unser Geld geblieben ist". Vor allem aber war und ist Karl ein Motorrad-Enthusiast. Wurde Cross-Meister 1968 in der 500er Klasse. Und baute schließlich sein Museum auf, Stück für Stück, Jahr für Jahr. 120 alte Kisten, alle fahrfertig, hat er nun. „Kuck ma", sagt der rüstige Karl, Baujahr 1931, „das da is `ne alte Java. Die hat der Neckermann vor 30 Jahren für 1200 Mark verkauft." Überall hängen alte Schilder und Plakate, „Grassbahnrennen Holzwickede", und immerzu lächelt Karl vom Kanal mit der schwarzen Goodyear-Kappe auf dem Weißhaar. Dies ist sein Reich, „Besichtigung frei, Schulklassen und Gruppen nach Vereinbarung". Karl ist ein Original. Und eine Berühmtheit. An jedem zweiten Sonntag im Monat donnert und röhrt und knarzt es am Kanal. Dann kommen die Biker aus der Region, bis zu 6000, und fachsimpeln und schrauben und grillen. Die Luft läuft blau an, ein Gemisch aus Benzin und Bratwurst zieht übers Gewässer, und von der nahegelegenen Nordstern Arena wummern die Bässe herüber, Joe Cocker singt „Sail Away". Das liebt der Karl. Menschen, Motoren und Musik. Am Kanal ist niemals Ruh. „Ruhe", sagt der Karl, „Ruhe ist noch früh genug."

Arnold Voß

Das längste Kino der Region — Kanäle im Ruhrgebiet

Ein Kanal ist das genaue Gegenteil eines Flusses, denn er hat nichts Natürliches, außer dem Wasser, das er in sich gefangen hält. Er ist ein Strich in der Landschaft, gerade, selbst wenn er einen Bogen macht, denn er gehorcht nicht den Gesetzten der Organik, sondern den Leitlinien der Geometrie. Er ist ein ganz und gar künstliches Produkt.

Kanal und Ruhrgebiet passen also bestens zusammen. In dieser dicht besiedelten Stadtlandschaft ist Linearität mehr als eine strenge geometrische Form. Sie ist ein ubiquitäres und damit gestalterisch prägendes Element. Dass ihren Gesetzen des Geraden und der Reihung auch die Schiffe folgen, ist nicht nur ökonomisch notwendig, sondern ästhetisch folgerichtig. Aus der Sicht der Ruhrstädter wird daraus aber noch viel mehr: das längste Kino der Region. Denn die nie endende Folge der Schiffe macht jede dieser Wasserstraßen zu einer Art realem Film, der am Zuschauer nicht nur virtuell, sondern auch materiell vorüber zieht. In augen- und seelenfreundlicher „Slow Motion".

Die Besucher dieses Wasserkinos verhalten sich dabei genau so wie die Kanäle selbst. Sie kümmern sich nicht um die sage und schreibe 32 Stadtgrenzen der anliegenden Gemeinden. Sie folgen einfach ihrem Lauf, beziehungsweise den Leinpfaden, so lange ihnen das gefällt und so weit, wie sie es für richtig erachten. Sie bestimmen selbst, wie lange ihr ganz persönlicher Film dauert, wann sie ihn unterbrechen und für wie lange. Da er obendrein keinen Eintritt kostet, ist es nicht verwunderlich, dass die Menge der Zuschauer – über das ganze Jahr gezählt – selbst die verwöhnten Produzenten amerikanischer Blockbuster stolz machen würde.

So wird dieses wahrscheinlich größte Open Air Kino der Welt vor allem an sonnigen Tagen zugleich zu einer Art blauer Ruhrstadtpromenade, die an beiden Seiten ungestört vom Autoverkehr zu Fuß begangen oder mit dem Rad befahren werden kann. Immer entlang dieser lebendigen, dreidimensionalen und vor allem flüssigen Leinwand, in die man sogar hineinspringen und baden kann, um so selbst zum Schauspieler zu werden. Dann sind die Ruhrstädter froh, dass diese Leinwand so unendlich lang ist, und sie sich trotz ihrer riesigen Zahl nicht gegenseitig auf den Füßen rumtrampeln müssen. Ausgenommen, sie wollen es selber. Denn das kann man an in diesem riesigen Kino auch: Näher zusammen rücken und Gruppen, Haufen oder sogar Banden bilden. Sei es als Zuschauer oder als Schauspieler oder zur gleichen Zeit beides.

Wie groß diese menschlichen Zusammenrottungen auch immer sind, wie immer sie sich auch zusammensetzen, und was immer sie auch konkret tun, eines verbindet sie immer und immer wieder: ihr seltsam verklärter Blick auf die vorbeiziehenden Schiffe. Manche Zuschauer versuchen ihnen sogar eine Zeitlang zu folgen. Mit dem Fahrrad ist das auch ohne Weiteres möglich. Sie halten dann den Film einfach eine kurze Zeit an, beziehungsweise steigen selbst in ihn hinein. Wenn andere Boote entgegenkommen, beschleunigt sich der Film jedes Mal um die doppelte Geschwindigkeit. Die Schiffe verschwinden schneller, als hätte man sie stehend beobachtet.

Das Wunderbarste an diesem interaktiven Ruhrstadt-Movie ist jedoch, dass dieser Film auch ohne Besucher, ja sogar ohne Schauspieler weiterläuft. In den Nacht - und den frühen Morgenstunden, in denen die Mehrzahl der Kanal-Anwohner schläft, entpuppen sich die Kanäle mit ihrer näheren Umgebung als eine der faszinierendsten Wasser- und Stadtlandschaften Deutschlands. So künstlich und städtisch ihre Geschichte auch immer war und noch ist, so stark hat die Natur sich nämlich ihrer wieder bemächtigt.

Nicht nur, dass sich im Ruhrgebiet Stadt und Land – und damit freier und bebauter Raum – schon immer in besonderer Weise durchdrungen haben. Wenn die Menschen und die Schiffe aus dem Bild der Kanäle verschwinden, mutieren sie wieder zum Fluss, ohne den Zauber ihrer Linearität zu verlieren. Dann werden sie zu Zwitterwesen aus Technik und Natur und lassen eine Zeitlang vergessen, welche gewaltigen baulichen und sozialen Umwälzungen ihre Geschichte begründet und begleitet haben. Dann trösten sie sich und ihre Besucher darüber hinweg, dass ihre Linearität letztlich doch nur den schnöden Bedingungen des schwerindustriellen Massentransportes geschuldet war. Dann spielen sie das aus, was die Ruhrstädter erst so richtig wahrnehmen, seitdem die industrielle Hochblüte ihrer Heimat zu Ende geht: die besondere Poesie dieser so total von der Technik geformten Landschaft.

Seite:
- 5 Rhein-Herne-Kanal, Oberhausen 1993
- 6 Rhein-Herne-Kanal, Herne 1992
- 7 Rhein-Herne-Kanal, Herne 1994
- 8 Rhein-Herne-Kanal, Herne 1995
- 9 Rhein-Herne-Kanal, Herne 1993
- 10 Rhein-Herne-Kanal, Herne 1994
- 11 Rhein-Herne-Kanal, Recklinghausen 1997
- 12 Rhein-Herne-Kanal, Gelsenkirchen 1992
- 13 Rhein-Herne-Kanal, Gelsenkirchen 1993
- 14 Rhein-Herne-Kanal, Essen 1995
- 15 Rhein-Herne-Kanal, Herne 1993
- 16 Rhein-Herne-Kanal, Castrop-Rauxel 1995
- 17 Dortmund-Ems-Kanal, Dortmund 1998
- 18 Dortmund-Ems-Kanal, Dortmund 1998
- 19 Dortmund-Ems-Kanal, Dortmund 1998
- 20 Rhein-Herne-Kanal, Herne 1992
- 21 Rhein-Herne-Kanal, Gelsenkirchen 1992
- 22 Dortmund-Ems-Kanal, Henrichenburg 1998
- 23 Rhein-Herne-Kanal, Gelsenkirchen 1995
- 24 Rhein-Herne-Kanal, Gelsenkirchen 1995
- 25 Rhein-Herne-Kanal, Essen 1994
- 26 Rhein-Herne-Kanal, Essen 1994
- 27 Rhein-Herne-Kanal, Recklinghausen 1995
- 28 Dortmund-Ems-Kanal, Waltrop 1998
- 29 Dortmund-Ems-Kanal, Waltrop 1998
- 30 Rhein-Herne-Kanal, Herne 1992
- 31 Dortmund-Ems-Kanal, Henrichenburg 1998
- 32 Rhein-Herne-Kanal, Gelsenkirchen 1992
- 33 Dortmund-Ems-Kanal, Datteln 1998
- 34 Rhein-Herne-Kanal, Herne 1993
- 35 Rhein-Herne-Kanal, Essen 1994
- 36 Rhein-Herne-Kanal, Herne 1998
- 37 Dortmund-Ems-Kanal, Dortmund 1998
- 38 Rhein-Herne-Kanal, Gelsenkirchen 1992
- 39 Rhein-Herne-Kanal, Gelsenkirchen 1998
- 40 Rhein-Herne-Kanal, Herne 1993
- 41 Rhein-Herne-Kanal, Herne 1995
- 42 Rhein-Herne-Kanal, Castrop-Rauxel 1995
- 43 Dortmund-Ems-Kanal, Dortmund 1998
- 44 Rhein-Herne-Kanal, Gelsenkirchen 1995
- 45 Rhein-Herne-Kanal, Recklinghausen 1995
- 46 Rhein-Herne-Kanal, Herne 1995
- 47 Dortmund-Ems-Kanal, Waltrop 1998
- 50 Rhein-Herne-Kanal, Herne 2001
- 51 Rhein-Herne-Kanal, Herne 2003
- 52 Rhein-Herne-Kanal, Gelsenkirchen 2001
- 53 Rhein-Herne-Kanal, Gelsenkirchen 2001
- 54 Rhein-Herne-Kanal, Herne 2003
- 55 Rhein-Herne-Kanal, Herne 2003
- 56 Rhein-Herne-Kanal, Recklinghausen 2000
- 57 Rhein-Herne-Kanal, Essen 2001
- 58 Rhein-Herne-Kanal, Herne 2000
- 59 Rhein-Herne-Kanal, Gelsenkirchen 2003
- 60 Rhein-Herne-Kanal, Castrop-Rauxel 2000
- 61 Rhein-Herne-Kanal, Herne 2000
- 62 Rhein-Herne-Kanal, Herne 2001
- 63 Rhein-Herne-Kanal, Recklinghausen 2001
- 64 Rhein-Herne-Kanal, Recklinghausen 2001
- 65 Datteln-Hamm-Kanal, Hamm-Uentrop 2001
- 66 Datteln-Hamm-Kanal, Hamm-Uentrop 2001
- 67 Datteln-Hamm-Kanal, Hamm-Uentrop 2004
- 68 Datteln-Hamm-Kanal, Hamm-Uentrop 2004
- 69 Datteln-Hamm-Kanal, Hamm-Uentrop 2004
- 70 Rhein-Herne-Kanal, Oberhausen 2001
- 71 Rhein-Herne-Kanal, Herne 2003
- 72 Rhein-Herne-Kanal, Essen 2001
- 73 Rhein-Herne-Kanal, Herne 2001
- 74 Rhein-Herne-Kanal, Recklinghausen 2000
- 75 Rhein-Herne-Kanal, Gelsenkirchen 2002
- 76 Rhein-Herne-Kanal, Oberhausen 2004
- 77 Dortmund-Ems-Kanal, Henrichenburg 2004
- 78 Rhein-Herne-Kanal, Herne 2001
- 79 Rhein-Herne-Kanal, Herne 2003
- 80 Rhein-Herne-Kanal, Herne 2004
- 81 Datteln-Hamm-Kanal, Bergkamen-Rünthe 2005
- 82 Rhein-Herne-Kanal, Herne 2001
- 83 Rhein-Herne-Kanal, Herne 2001
- 84 Rhein-Herne-Kanal, Gelsenkirchen 2003
- 85 Rhein-Herne-Kanal, Essen 2001
- 86 Rhein-Herne-Kanal, Essen 2001
- 87 Rhein-Herne-Kanal, Herne 2001
- 88 Rhein-Herne-Kanal, Essen 2001
- 89 Rhein-Herne-Kanal, Castrop-Rauxel 2001
- 90 Rhein-Herne-Kanal, Castrop-Rauxel 2001
- 91 Rhein-Herne-Kanal, Castrop-Rauxel 2001
- 92 Rhein-Herne-Kanal, Herne 2001
- 93 Rhein-Herne-Kanal, Herne 2003
- 94 Rhein-Herne-Kanal, Herne 2000
- 95 Rhein-Herne-Kanal, Herne 2001
- 96 Rhein-Herne-Kanal, Herne 2001
- 97 Wesel-Datteln-Kanal, Marl 2004
- 98 Rhein-Herne-Kanal, Oberhausen 2002
- 99 Rhein-Herne-Kanal, Herne 2001
- 100 Rhein-Herne-Kanal, Herne 2001
- 101 Rhein-Herne-Kanal, Herne 2001
- 102 Rhein-Herne-Kanal, Herne 2004
- 103 Rhein-Herne-Kanal, Herne 2001
- 104 Rhein-Herne-Kanal, Herne 2003
- 105 Rhein-Herne-Kanal, Herne 2001
- 106 Rhein-Herne-Kanal, Essen 2003
- 107 Rhein-Herne-Kanal, Duisburg 2003
- 108 Rhein-Herne-Kanal, Herne 2001
- 109 Rhein-Herne-Kanal, Herne 2003
- 110 Rhein-Herne-Kanal, Herne 2001
- 111 Datteln-Hamm-Kanal, Bergkamen-Rünthe 2005
- 112 Rhein-Herne-Kanal, Herne 2002
- 113 Rhein-Herne-Kanal, Herne 2002
- 114 Datteln-Hamm-Kanal, Bergkamen-Rünthe 2005
- 115 Datteln-Hamm-Kanal, Bergkamen-Rünthe 2005
- 116 Rhein-Herne-Kanal, Herne 2001
- 117 Datteln-Hamm-Kanal, Hamm 2004
- 118 Rhein-Herne-Kanal, Herne 2001
- 119 Rhein-Herne-Kanal, Gelsenkirchen 2003
- 121 Wesel-Datteln-Kanal, Marl 2004
- 122 Datteln-Hamm-Kanal, Lünen 2005
- 123 Wesel-Datteln-Kanal, Marl 2004
- 124 Dortmund-Ems-Kanal, Henrichenburg 2004
- 125 Dortmund-Ems-Kanal, Henrichenburg 2004
- 126 Dortmund-Ems-Kanal, Waltrop 2004
- 127 Datteln-Hamm-Kanal, Lünen 2004
- 128 Datteln-Hamm-Kanal, Hamm 2004
- 129 Wesel-Datteln-Kanal, Flaesheim 2004
- 130 Wesel-Datteln-Kanal, Flaesheim 2004
- 131 Wesel-Datteln-Kanal, Datteln 2004
- 132 Dortmund-Ems-Kanal, Henrichenburg 2005
- 133 Datteln-Hamm-Kanal, Lünen 2005
- 134 Datteln-Hamm-Kanal, Waltrop 2004
- 135 Datteln-Hamm-Kanal, Lünen 2005
- 136 Wesel-Datteln-Kanal, Wesel 2004
- 137 Datteln-Hamm-Kanal, Lünen 2004
- 138 Datteln-Hamm-Kanal, Lünen 2005
- 139 Rhein-Herne-Kanal, Herne 2005
- 140 Datteln-Hamm-Kanal, Lünen 2005
- 141 Rhein-Herne-Kanal, Herne 2005

Fotos aus der Sammlung Rheinisches Industriemuseum auf den Seiten: 5, 6, 9, 10, 12, 13, 15, 20, 21, 23, 25, 30, 34, 35, 38, 40, 41, 45,
Fotos aus der Sammlung Museum für Kunst und Kulturgeschichte Dortmund auf den Seiten: 8, 19, 21, 22, 34, 42

Brigitte Kraemer wurde 1954 in Hamm in Westfalen geboren. Sie arbeitet als freie Fotografin und lebt im Ruhrgebiet. Von 1976 bis 1982 studierte sie Fotografie und Grafik-Design an der Folkwangschule für Gestaltung in Essen bei Angela Neuke und Willy Fleckhaus.
Ihre Fotoreportagen sind gesellschaftskritische, sozial engagierte und humorvolle Studien des ganz gewöhnlichen Lebens. Mit einprägsamen, genau beobachteten Bildern zeigt sie das Besondere im Alltäglichen.
Brigitte Kraemers Arbeiten wurden in Museen und Galerien Deutschlands, unter anderem in Berlin, Hamburg, München, im Rheinland und Ruhrgebiet sowie in England, Luxemburg, Spanien und USA ausgestellt. Brigitte Kraemer lehrte Bildjournalismus an der Gesamthochschule Essen.
Ihre fotografische Arbeit wurde mehrfach ausgezeichnet. Unter anderem erhielt Brigitte Kraemer 2005 für die Stern-Reportage „Auf ein neues Leben" den Lead Award in Silber sowie Gold für das „Foto des Jahres 2004".
Für herausragende fotografische Leistungen war sie 2005 nominiert für den Henri-Nannen-Preis.

Im Klartext Verlag erschienen ihr Fotobildband über das Leben von Migranten im Ruhrgebiet „so nah, so fern" und eine Dokumentation über kriegsverletzte Kinder im Friedensdorf Oberhausen „Friedensengel".

Uwe Knüpfer ist Journalist und Chefredakteur der Westdeutschen Allgemeinen Zeitung von 2000 bis Sommer 2005.

Michael Streck arbeitet als Korrespondent des Stern in New York, zuvor war er Reporter im Ressort Deutschland Aktuell in Hamburg. Streck – Borussia Dortmund – und Ruhrgebiets-Fan – hat mit Brigitte Kraemer mehrere Geschichten über Menschen im Revier produziert.

Dr. Arnold Voß forschte und lehrte an der Technischen Universität Berlin, der Technischen Hochschule Aachen und der Columbia-University New York City in den Bereichen Stadtplanung, Städtebau und Architektur. Er ist Inhaber des Planungsbüros „Office for the Art of Planning-OfaP".

Die Fotografien in diesem Buch sind nicht digital manipuliert.

Fotografien: Brigitte Kraemer

Texte: Uwe Knüpfer
Michael Streck
Arnold Voß
Textredaktion: Margarethe Lavier
Layout: Claus+Mutschler, Bochum
Lithografie: Wuchert und Welter GmbH, Bochum
Druck: Buschhausen GmbH, Herten

1. Auflage: Mai 2005
© Klartext Verlag, Essen 2005. Alle Rechte vorbehalten
ISBN 3-89861-468-9